땀
흘
리
는

시

땀 흘리는 시

김선산 김성규 오연경 최지혜 엮음

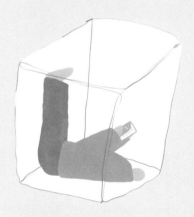

오늘도 무사히 일을 끝마친 당신에게

창비
ChangbiEdu

오늘도 무사히 일을
끝마친 당신에게

　일하는 사람의 몸에서는 늘 땀냄새가 난다. 땀은 우리가 몸을 움직여 세상과 소통하고 있다는 증거이자 몸의 수고를 더하여 세상을 변화시키고 있다는 증거이다. 이처럼 내 한 몸에 주어진 오롯한 힘과 노력으로 세상과 정직하게 만나는 방법이 바로 노동이다. 우리는 노동을 통해 자기를 먹이고 식구를 거두고 공동체의 꿈을 실현한다는 점에서 모두 노동자이다. 그런데 언젠가부터 '노동'이라는 말이 우리 곁에서 사라지고 있다. 자신의 노동력으로 생활을 유지하는 대부분의 사람들조차 '노동자'라는 말을 낯설게 느낀다. 어쩌면 좁은 의미에서 육체노동을 일컫는 '노동'이라는 말이 더 이상 오늘날의 다양한 노동의 형태들을 포괄하지 못하기 때문인지도 모른다. 사무직, 서비스직, 판매업, 유통업 등 분야도 다양하고, 정규직, 비정규직, 프리랜서, 시간제, 전일제 등 고용 방식도 천차만별이다. 최근에는 애플리케이션이나 SNS를 매개로 한 플랫폼 노동까지 등장하면서 노동 환경이 급변하고 있다.

몸과 마음을 쏟아 생계를 유지하고 삶을 운영하는 모든 행위가 노동이라고 할 때 노동은 곧 삶 전체라고 할 수 있다. 나날의 삶 그 자체인 노동을 우리는 이제 '일'이라고 부른다. 당신은 오늘도 일터에서 구슬땀을 흘리고 돌아왔을 것이다. 손발을 씻고 의자에 앉아 책장을 넘기는 지금은 꿀 같은 휴식 시간일 것이다. 우리는 일과 휴식의 리듬 속에서 살아간다. 일은 피로만이 아니라 보람을 동반하고, 일의 보람은 다시 일할 의욕을 북돋아 준다. 그러나 세계화된 신자유주의의 물결 속에서, 일하는 사람들의 지위와 조건은 더욱 열악해지고 있다. 젊은 세대는 취업난에 허덕이며 끝없는 경쟁에 내몰리고 있고, 양질의 일자리가 사라지고 그 자리에 불안정한 비정규직이 양산되고 있으며, 고령화 시대임에도 불구하고 구조 조정의 칼바람 속에서 경제 활동 수명은 오히려 단축되고 있다. 일하는 사람의 땀은 마를 겨를이 없는데 땀의 보람과 성취를 맛보기는 어려운 것이 현실이다.

이러한 현실에서 시는 무엇을 할 수 있을까? 1970~80년대 노동시는 산업화 시대의 열악한 노동 현장을 고발하고 노동자의 삶다운 삶의 회복을 노래했다. 노동시가 보여 준 리얼리즘과 주체적 미학은 현실을 바꾸고 시를 새롭게 하는 굳건한 토대가 되었다. 그런데 최근 시에서는 오늘날의 노동 현실을 고발하거나 노동자의 목소리를 전면에 드러낸 시를 찾아보기 어렵다. 노동시는 시대의 변화와 함께 효용을 다한 것일까? 사실 노동시는 시의 한 영역으로 분리되어 계승되는 대신, 삶의 희로애락을 노래하는 모든 시의 장면과 일상으로 스며들었다고 할 수 있다. 노동이 인간다운 삶의 조건이자 이유인 한, 자기 자신을 성찰하고 타자와 연대하고 세계를 탐구하는 인간 활동은 노동을 경유할 수밖에 없다. 그러니까 시에서 노동은 단지 소재로서의 에피소드가 아니라 온몸으로 삶을 뚫고 가는 주체의 감각과 태도를 견인하는 최전선인 것이다.

우리는 일하며 살아가는 이 시대의 사람들과 함께 읽고 싶은 시를 모으고자 이천 년대 이후의 시들을 살펴보았다. 이천 년대의 시는 이전 세대의 시로부터 진화하고 있었지만, 그 안에 담긴 우리의 고민과 삶의 모습은 이전과 크게 다르지 않았다. 더욱 가혹해진 노동 조건과 각박한 삶 속에서 일의 의미와 가치에 대한 성찰, 일하는 사람들이 함께 만들어 갈 좋은 세상에 대한 고민은 더욱 절실하다. 이 성찰과 고민의 길에 우리 시대의 시가 좋은 길잡이이자 위로와 소통의 매개가 되어 줄 것이라고 믿는다. 시를 읽는다는 것은 삶에 거리를 둠으로써 삶을 더 섬세하게 바라보는 일이다. 삶은 우리에게 익숙하고도 낯선 대상이다. 먹고 자고 일하는 일상은 매일 똑같이 반복되는 것처럼 보이지만, 일상의 반복에는 낯설고도 놀라운 삶의 국면들이 숨겨져 있다. 일상의 반복과 변주, 변화와 차이의 리듬을 드러내는 시를 통해 일이 가져다주는 변화무쌍한 감정과 감각을 맛보며 땀 흘리는 삶의 의미에 대해 다시 생각해 볼 수 있을 것이다.

오늘도 무사히 일을 끝마친 당신에게, 여기에 수록된 시들이 토닥토닥 어깨를 두드리며 작은 목소리로 속삭일 것이다. 월요일, 일터로 나가는 당신의 발걸음은 가벼웠나요? 화요일, 당신의 가족과 일터의 사람들을 생각하며 일할 맛이 났나요? 수요일, 나보다 더 소외된 자리에서 땀 흘리는 이들을 떠올렸나요? 목요일, 열악한 환경에서 분투하고 있는 우리들의 분노를 느꼈나요? 금요일, 고단함과 피로에 지쳐 나를 잃어버린 건 아닌지 뒤돌아보았나요? 토요일, 일이란 도대체 무엇일까 스스로 질문해 보았나요? 일요일, 달콤한 휴식을 누리며 일하는 사람의 꿈을 키웠나요?

이제 막 일터로 진입하는 청춘들에게, 불안정한 작업 환경에서 묵묵히 땀 흘리고 있는 당신들에게, 일할 수 있는 당당한 주체로 자신을 일으켜 세우고 있는 우리 모두에게 여기 모인 한 편 한 편의 시가 '오늘도 당신의 땀은 헛되지 않았다'는 격려의 박수가 되길 바라며 이 시집을 엮는다.

2020년 5월

김선산, 김성규, 오연경, 최지혜

차 례

1부

월요일

밥을 먹고 쓰는 것.

밥을 먹기 위해 쓰는 것.

한 줄씩 쓸 때마다 한숨 나는 것.

나는 잘났고

나는 둥글둥글하고

나는 예의 바르다는 사실을

— 오은, 「이력서」에서

부녀

김주대

아르바이트 끝나고 새벽에 들어오는 아이의
추운 발소리를 듣는 애비는 잠결에
귀로 운다

컵라면과 삼각김밥 그리고 초콜릿

김애란

학교 알바 집, 학교 알바 집

다람쥐 쳇바퀴가 따로 없다

학교 다니며 죽어라 알바해서

생활비 보태고

빠듯하게 용돈 쓰고 나면 빈털터리

쓸쓸한 맘에 철주한테 간다

철주 알바하는 편의점에

햄버거 가게 알바하는 진만이 와 있다

얼굴만 봐도 속맘 알아채는 친구들

월급 탔다고 컵라면 쏘니

진만이 삼각김밥 쏜다

때론 알바 대신 뛰어 주는 셋이서

후루룩 쩝쩝 냠냠

컵라면에 삼각김밥 먹는다

배고플 때 먹어

편의점 나올 때

철주가 초콜릿을 쥐여 준다

아버지 병원비 보태야 한다고
단기 알바까지 뛰는 녀석
초콜릿색 어둠이 짙게 깔린 골목길을
덜렁덜렁 진만이와 둘만 걸어가자니
철주한테 여간 미안한 게 아니다

합격 수기

박상수

쓰레기통에서 주운 물수건을 췄더니 코도 풀고 발도 닦았어 겨드랑이도 닦았지 그걸 다시 받았어 선물이래 이걸로 뭐 하지…… 아까부터 그런 기분

뿌린 대로 거두는 거지
맞아 솔직히 너처럼 목숨 걸어야지

말도 안 되는 말인데 해 버리면 그게 말이 되는구나, 3일 전부터 먹고 싶은 게 없었지, 합격한 애 초대를 받은 날부터, 방바닥에 누워만 있었어 잘됐어 뼈만 남겨서 누가 봐도 주머니에 넣고 싶은 그런 애가 되자 생각하다가 오늘에야 기어 나왔지 정말 네발로 왔어 합격한 애는 고개를 끄덕였어

땀엔 배신이 없더라

독침 백 개는 맞은 것처럼 손발이 떨려 우리도 땀은 흘렸는데 그건 땀띠만 남기고 사라졌네 식초에 절어 버린 물수건을 또 빨면서

우린 잔을 부딪쳤지

애벌레가, 잎사귀를, 먹고, 있구나, 제 몸이, 반토막, 난, 지도, 모른 채,

일주일은 화장실 못 간 애들처럼 다운돼 갔어 애들아 정신 차려, 되기만 하면 레드 카펫 위로 스틸레토 힐을 신고 걸어가게 된다…… 귀가 먹어 가나 봐, 우리들은 전부 맥주잔만 내려다봤지

어쩐지…… 너랑은 다시 못 만날 것 같아

누가 고백을 하고, 우린 얼어 버렸어 까마득한 애들을 헤치고 들어가 손을 내밀었는데 우리 앞에서 화장품 샘플이 떨어졌을 때처럼! 떨어진 애는 또 떨어진 애가 될 수도 있지 새벽 5시, 문도 안 열린 학원 앞에 줄을 서야 한다 앞에 선 애들 가방을 보며, 여긴 책이 몇 권이나 들어갈까? 가방을 사자, 니 가방이 들어가는 그런 가방으로, 내 가방이 또 들어가는 그런 가방으로

내년에 우리 다시 만나자 우리 다 합격할 때까지 죽을 때까지

합격한 애가 소리쳤어 그래 우린 같은 스터디였지 핑크색 미니 쿠퍼를 타고 속초에 놀러 가기로 했지 눈물이 날 것 같아, 한 애가 말했어 합격한 애는 그 애를 안아 줬다 우리는 훌쩍이면서 다시 잔을 부딪쳤어

오늘을 기억하자 절대로!

돌아가며 화장실에 갔다 왔어 그리고 얼굴을 모았다 합격한 애가 맨 앞에, 우리는 뒤에, 입술을 오므리고, 셀카

폴더명
'최악'
울던 애가 폰에 저장하는 걸 봤어.

렌트
임솔아

텅 빈 가게에 서 있다. 창밖을 바라보고 있다.

지나가는 사람들을 보고 있다. 옆모습이 정면을 향해 걷고 있다.

오후에는 꼬마들이 지나간다.

두 번째 오후에는 교복 입은 학생들이 지나간다.

앞으로 배낭을 멘 아주머니가 다가와 중국집 전단지를 문에 붙이고 지나간다.

세 번째 오후에는 창에 내 모습이 비치기 시작한다. 자동차 전조등이 지나간다.

빵 반죽을 비닐봉지에 넣는다. 반죽은 천천히 부풀어 오른다. 봉지도 천천히 부풀어 오른다. 봉지에 코를 대고 천천히 냄새를 맡는다. 문을 열자 냄새가 터져 나간다.

정면을 보고 걷던 사내가 옆을 바라본다.

나와 마주 보다 가방을 더듬대며 들어온다.

이 빵 한 개만 주세요.
나는 집게로 빵을 집는다.
내 손으로 만든 빵이지만 빵에 손을 대면 안 된다.

한 시간에 시급 오천 원
빵 한 개에 오천오백 원
빵이 먹고 싶다 내가 만든 빵

사내는 빵을 받으며 검은 장우산을 카운터에 기대어 놓는다.
빵을 들고 사라지는 뒤통수가 캄캄해질 때

검은 장우산이 가게에 있다.
텅 빈 가게에 우산하고 나하고 서 있다.

이력서

오은

밥을 먹고 쓰는 것.
밥을 먹기 위해 쓰는 것.
한 줄씩 쓸 때마다 한숨 나는 것.

나는 잘났고
나는 둥글둥글하고
나는 예의 바르다는 사실을
최대한 은밀하게 말해야 한다. 오늘 밤에는, 그리고

오늘 밤에도
내 자랑을 겸손하게 해야 한다.
혼자 추는 왈츠처럼, 시끄러운 팬터마임처럼

달콤한 혀로 속삭이듯
포장술을 스스로 익히는 시간.

다음 버전이 언제 업데이트될지는 나도 잘 모른다.

다 쓰고 나면 어김없이 허기.
아무리 먹어도 허깨비처럼 가벼워지는데

몇 줄의 거짓말처럼
내일 아침 문서가 열린다.

문서상 오늘의 나는 어제의 나다.

캐리어

허은실

테이블을 닦던 조선족 여자는
입술이 우엉 꽁다리처럼 말랐다
한 줄 김밥으로 허기를 재우고
유리문 밀고 나선 새벽
청년의 캐리어 끄는 소리가
빈 거리에 울린다
큰 몸에 달리기엔 바퀴가 너무 작아
그런 것은 터무니없다
생각하는 사이
청년은 어느 골목으로 스며들고
바퀴 소리 푸른 골목을 오래 흔든다
대학로 명품 코믹 연극 「죽여주는 이야기」
노인이 포스터를 떼어 구루마에 싣는다
'2008. 10. 10. ~ 죽을 때까지'
구루마를 끌고 간다
조그만 바퀴와
실려 가는 것들과 끌려가는 것들의

기울기를 생각한다

오늘은 눈이 내릴 것이다

무엇을 끌고 가느라 무엇에 끌려가느라

숨이 밭아 노래를 이을 수 없다

그림자가

그림자가 나를

끌고 간다

다리 위에서

신철규

자동차 앞 유리창에 빗방울이 점점이 박힌다
꽉 막힌 다리 위에서 우리는 어디로도 갈 수 없었다

흐린 하늘에 철새 떼가 지나간다
한 무리의 새 떼가 날아가고 간간이 뒤처진 새들이 그 뒤를 따른
다
언제나 앞서가는 것들은 몸속에 나침반이라도 들어 있는 듯이 단
호하고 질서 정연하다
뒤처진 새들의 비관과 자기 위로가 뒤섞인 중얼거림을 듣는다

터질 것 같은 심장을 부여잡지도 못하고
눈꺼풀 위를 덮어 오는 땀을 닦지도 못하고
두 날개를 조급하게 위아래로 퍼덕이며 날아가고 있다

한 마리, 한 마리, 또 한 마리

저게 마지막이겠지, 하는 예상은 번번이 어긋난다

그들이 먹이를 구하고 한 계절을 보낼 안식처가 그동안 사막이
되었는지도 모르고
　오로지 믿음 하나로 앞으로 나아가는 것들
　그들이 떠나온 세계에는 텅 빈 새장만 남아 있다

　나는 가장 뒤처진 새의 꽁무니를 시야에서 사라질 때까지 검지로
천천히 밀어 주었다

　역전과 추월이 불가능한 세계에서 우리는
　옴짝달싹도 하지 못하고 앞차의 꽁무니만 바라보고 있다

　나는 핸들을 놓고 두 팔을 허우적거리다가
　뒤쪽에서 울리는 경적 소리에 다시 핸들을 꽉, 부여잡는다

졸업

김사인

선생님 저는 작은 지팡이나 하나 구해서
호그와트로 갈까 해요.
아 좋은 생각,
그것도 좋겠구나.

서울역 플랫폼 3과 1/4번 홈에서 옛 기차를 타렴.
가방에는 장난감과 잠옷과 시집을 담고
부지런한 부엉이와 안짱다리 고양이를 데리고
호그와트로 가거라 울지 말고
가서 마법을 배워라.
나이가 좀 많겠다만 입학이야 안 되겠니.

이곳은 모두 머글들
숨 막히는 이모와 이모부들
고시원 볕 안 드는 쪽방 뒤로
한 블록만 삐끗하면 달려드는 '죽음을 먹는 자들'.
그래 가거라

인자한 덤블도어 교장 선생님과 주근깨 친구들
목이 덜렁거리지만 늘 유쾌한 유령들이 사는 곳.

빗자루 타는 법과 초급 변신술을 떼고 나면, 배고프지 않는 약초
욕먹어도 슬퍼지지 않는 약초 분노에 눈 뒤집히지 않는 약초를 배
우거라. 학자금 융자 없애는 마법 알바 시급 올리는 마법 오르는
보증금 막는 마법을 익히거라. 투명 망또도 언젠가 쓸모가 있겠지.
그곳이라고 먹고살 걱정 없을까마는
서서히 영혼을 잠식하는 저 흑마술을 잘 막아야 한다.
그때마다 선량한 사냥터지기 해그리드 아저씨를 생각하렴.
나도 따라가 약초밭 돌보는 심술 첨지라도 되고 싶구나.

머리 셋 달린 괴물의 방을 지나
현자의 돌에 닿을 때까지,
부디 건투를 빈다
불사조 기사단 만세!

2부

화요일

오늘은 현관을 나서는데

구두끈이 풀렸다며

아들이 무릎을 꿇고 묶어 주었다

제 엄마에게 배운 아들의 매듭은

예쁘고 편했다

일찍 들어오세요

버스 정류장까지 나비가 따라왔다

— 전윤호, 「아들의 나비」에서

내 인생의 브레이크

하상만

먹고살 길이 막막해서 운수 회사에 찾아갔어

25톤 트럭 몰고 서울에서 부산까지 왔다 갔다 하면

제법 돈이 될 거라 생각했는데

나이는 몇이냐

결혼은 했느냐

아이는 있느냐

사장님의 질문에 척척 대답하고 나니

25톤 트럭은 영 못 몰 거라네

마누라 있고 애도 있고 해서 버는 김에

확 벌어야겠는데

어째서 그러냐고 물었더니

거저 180은 밟아 줘야 수지가 맞는데

조심성이 생겨서 그럴 수야 있겠는가

100만 넘어도 발바닥이 올라가니

처자식이 브레이크야, 브레이크

이러더구먼

지금은 5톤 트럭 몰고

가까운 데나 조심조심 왔다 갔다
하고 있지

배가 고파요

박소란

삼양동 시절 내내 삼계탕집 인부로 지낸 어머니

아궁이 불길처럼 뜨겁던 어느 여름
대학 병원 중환자실에 누워 까무룩 꺼져 가는 숨을 가누며 남긴
마지막 말
얘야 뚝배기가, 뚝배기가 너무 무겁구나

그 후로 종종 아무 삼계탕집에 앉아 끼니를 맞을 때
펄펄한 뚝배기 안을 들여다볼 때면
오오 어머니
거기서 무얼 하세요 도대체

자그마한 몸에 웬 얄궂은 것들을 그리도 가득 싣고서
눈빛도 표정도 없이 아무런 소식도 없이
늦도록 돌아오지 않는 어머니

느른히 익은 살점은 마냥 먹음직스러워

대책 없이 나는 살이 오를 듯한데

어찌 된 일인가요
삼키고 또 삼켜도 질긴 허기는 가시질 않는데

낡은 리어카를 위한 목가

박형준

언덕길에 세워진
리어카
처음엔 희미한 빛이더니 백련(白蓮)처럼 맑고 힘차다
그런 아침이다

이사 온 날 언덕 위에 백련사가 있다 하여
백련을 볼 생각으로 잠 못 이루던 때,
다음 날 새벽 올라가니 자취 없고
리어카에 폐지 가득 싣고
앞에서 끌고 뒤에서 밀던 노부부
그리고 또 어느 이른 아침
백련사 오르던 때,
아무도 끌어 주는 이 없는데
할머니 혼자 리어카를 밀고 있던 모습

오늘은 할머니도 보이지 않는다
새소리 시끌시끌한

꾸부정한 나무처럼,
다 허물어진 담벼락에 낡은 리어카가 기대어 쉴 뿐
백련이 피지 않는 백련사
그 모서리,
리어카 손잡이를 끌어 줄 자리에 대신 거미줄이 흔들린다

이슬 맺힌 은하계,
아침마다 언덕길
공중에 쳐들린 손잡이를 끌어 주는
보이지 않는 힘이었던가

비정규

최지인

아버지와 둘이 살았다
잠잘 때 조금만 움직이면
아버지 살이 닿았다
나는 벽에 붙어 잤다

아버지가 출근하니 물으시면
늘 오늘도 늦을 거라고 말했다 나는
골목을 쏘다니는 내내
뒤를 돌아봤다

아버지는 가양동 현장에서 일하셨다
오함마로 벽을 부수는 일 따위를 하셨다
세상에는 벽이 많았고
아버지는 쉴 틈이 없었다

아버지께 당신의 귀가 시간을 여쭤본 이유는
날이 추워진 탓이었다 골목은

언젠가 막다른 길로 이어졌고
나는 아버지보다 늦어야 했으니까
아버지는 내가 얼마나 버는지 궁금해하셨다

배를 곯다 집에 들어가면
현관문을 보며 밥을 먹었다
어쩐 일이니라고 물으시면
뭐라고 대답해야 할까
외근이라고 말씀드리면 믿으실까
거짓말은 아니니까 나는 체하지 않도록
누런 밥알을 오래 씹었다

그리고 저녁이 될 때까지 계속 걸었다

아들의 나비

전윤호

나는 여태 구두끈을 제대로 묶을 줄 모른다
나비처럼 고리가 있고
잡아당기면 스르르 풀어지는 매듭처럼
순수한 세상이 어디 있을까
내 매듭은
잡아당겨도 풀리지 않는다
끊어질지언정
풀리지 않는 옹이들이
걸음을 지탱해 왔던 것이다
오늘은 현관을 나서는데
구두끈이 풀렸다며
아들이 무릎을 꿇고 묶어 주었다
제 엄마에게 배운 아들의 매듭은
예쁘고 편했다
일찍 들어오세요
버스 정류장까지 나비가 따라왔다

뺑그레

이정록

검은색 대형 승용차가 뻥튀기 기계를 낳았다. 순산이다. 허름한 아파트에서 아이들이 쏟아져 나왔다. 묵은쌀과 옥수수 알갱이와 검정콩이 뛰어나왔다. 깡마른 누룽지와 주근깨 번진 흰떡이 나왔다. 돼지 저금통을 통돼지로 튀겨 가는 아이도 있었다. 입비뚤이와 붕어눈과 목주름에 물음표를 매달고 어른들이 뒤따라 나왔다. 뻥튀기 기계 얼마나 한대요? 돈까지 뻥튀기를 하시나? 승용차가 참 좋네요. 난 뻥튀기 기계만도 못한 인생이에요. 어른들의 저런 팔짱과 달리, 아이들은 귀를 막고 공짜 튀밥처럼 웃는다. 꿀벌이 겨우내 이팝나무꽃을 기다리듯, 튀밥 아저씨는 아이들의 웃음꽃만 즐거워한다. 번 만큼 다 나눠 준 빈털터리 아저씨가 대포를 신고 손을 흔든다. 아이들의 볼에 이팝나무꽃이 피어 있다. 시동을 걸어 놓고는, 휴대폰 액정에 뜬 아들 사진을 본다. 팔 년째 말없이 누워 지내는 열나흘 보름달을 본다. 사람들이 차에 대해 묻더구나. 트렁크에 휠체어가 들어가는 유일한 승용차라고 말하지 않았어. 너처럼 빙그레 웃기만 했어. 오늘도 아빠는 거짓말을 하지 않았단다. 팔 년째 네가 단 한 번도 뻥을 치지 않았듯.

백수도 참 할 일이 많다

김해자

도리깨질하는 앞에 서서 고개만 까딱거려도
수월하다는 앞집 임영자 씨 말 듣고
저짝에서 하나 넘기고 이짝에서 하나 제치고
둘이 하면 힘든지도 모르고 잘 넘어간다는
아랫집 맹대열 씨 말 듣고
쌀 방아 보리방아 매기미질도
둘이서 셋이서 하면 재미나대서
콩 튀듯 팥 튀듯 바쁜 양승분 씨 밭에 가서
가만히 서 있다
콩 터는 옆에 앉아 껍데기 골라냈다
사방팔방 날아다니는 콩알을 줍기도 했다
심지도 않은 땅콩 한 소쿠리 얻었다
백수도 참 할 일이 많다

봄날

이문재

대학 본관 앞
부아앙 좌회전하던 철가방이
급브레이크를 밟는다.
저런 오토바이가 넘어질 뻔했다.
청년은 휴대 전화를 꺼내더니
막 벙글기 시작한 목련꽃을 찍는다.

아예 오토바이에서 내린다.
아래에서 찰칵 옆에서 찰칵
두어 걸음 뒤로 물러나 찰칵찰칵
백목련 사진을 급히 배달할 데가 있을 것이다.
부아앙 철가방이 정문 쪽으로 튀어 나간다.

계란탕처럼 순한
봄날 이른 저녁이다.

장례식장 미화원 손 씨 아주머니의 아침

정호승

아무도 모른다
장례식장 미화원 손 씨 아주머니가
아침마다 꽃을 주워 먹고 산다는 것을
발인이 끝난 뒤
텅 빈 영안실 바닥에 버려진 꽃들을 먹고
환하게 꽃으로 피어난다는 것을
검은 리본을 달고
트럭에 실려 배달된 꽃들이
영안실 입구에 쭉 늘어서서
슬퍼하는 척하는 조객들을 구경하다가
밤새워 봉투에 든 부의금을 헤어 보다가
발인이 끝난 뒤
영안실 바닥에 미련 없이 버려져 짓밟히면
아무도 모른다
장례식장 미화원 손 씨 아주머니가
영안실 바닥에 쭈그리고 앉아
아침밥을 먹듯

주섬주섬 꽃을 주워 먹는다는 것을
장례식장 창 틈으로 스며든 아침 햇살까지
배불리 먹고
한 송이 두 송이 꽃으로 피어나
죽은 이들 모두
환하게 꽃으로 피어나게 한다는 것을

3부

수요일

허기가 허연 김의 몸을 입고 피어오르는 사발 속에는 빗물의 흰머리인 국숫발,

젓가락마다 어떤 노동이 매달리는가

— 신용목, 「붉은 얼굴로 국수를 말다」에서

아내

배재운

용돈 좀 벌어야겠다고
서너 달만 일해 보겠다며
공장에 나가는 아내
작업장이 지하실이라 공기도 나쁘고
팔이 아파 못 하겠다며
그만둔다 그만둔다 하더니
자고 나면 또 출근한다

아이들 학원비도 벌고
고물 냉장고도 바꿔야겠다고
조금만 더 다닌다더니
아이들은 커 가고
남편 직장마저 불안해지니
그만둘 수도 없는 아내

팔 아프다 다리 아프다
끙끙대는 게 안쓰러워

당장 그만두라고 큰소리치면

남들도 다 하는데

나도 벌어야 한다며

오늘도 공장에 나간다

자는 사람 작은 사람 뛰는 사람 — 하청 근로자

김중일

1

그는 작아진다. 점점. 저녁이면 신발 속에 쏙 들어갈 정도로 작아
진다. 비스듬히 서서 하늘을 올려다보면 지구와 꼭 같은 기울기, 지
구의 원심력도 작용하지 않는다. 그래서 크지 않는다. 점점. 그는
작아진다.

그는 어제 잠깐 흘린 눈물만 모아도 오늘 몸을 씻을 수 있을 정
도로 하루가 다르게 작아진다. 높은 곳에서 떨어져도 먼지처럼 작
아진 그는 바람에 부유할 뿐, 자신을 파괴할 만큼의 몸무게가 없다.

그가 작아지는 게 아니다. 세상이 한없이 커졌던 거다. 잘 차려진
저녁 식탁은 절벽처럼 높아졌다. 눈물 한 방울이 침대만 해졌다.

2

그는 태어나고 기고, 일어서고 걷고, 이윽고 뛸 수 있게 되면서 한
순간도 뛰는 것을 멈춘 적이 없다. 항상 뛴다. 바람이 그를 사탕처
럼 녹여 먹는다. 뛰면서 점점 작아진다.

그는 매일 꿈속에서도, 뛰어간다. 이봐 친구, 여태 그렇게 뛰어가
나? 글쎄, 글쎄, 가쁜 숨만 내뱉는다. 그런데, 그럼에도 불구하고,

그러다 그는 이제 고인이라는 생의 실직자가 되었다.

3

　태어나는 순간부터 작아지는 사람. 태어나는 순간이 그나마 가장 컸던 사람. 자면서도 작아지는 사람. 작은 사람은 뛰는 사람. 쉼 없이 뛰면서 공기에 녹아 작아지는 사람. 컵라면도 못 먹고, 작은 사람은 꿈속에서도 뛰면서 자는 사람. 잠깐 자고 일어날 때마다 물속 같은 꿈속에서, 몸이 비누처럼 녹아 확연히 작아져 있는 사람. 어느덧 여기에 없는 사람.

　세상은, 어느 곳이든, 언제 거기에 서 있든

　그곳은, 그 순간부터 가장자리란 걸 보여 준 사람.

　길섶 전신주 사이 전선처럼

　내 뼈와 뼈 사이에 핏줄을 설치하고

　두 눈을 꾹 눌러 빨간 전기를 흐르게 하고

　먼저 퇴근한, 사람.

그림자 청소부

김혜순

내가 집에 있을 때
사람들은 나더러 누구냐고 묻지도 않는다
대번에 나인지 안다
집에 있는 건 나니까
그러므로 온갖 것들이 나에게로 들어온다
여보세요 슬픔 주문하셨지요? 아니면 불안은 어떤가요?
귀신 십이 인분의 냉기 주문하신 거, 맞죠?
초인종이 울리고 휴대폰이 울리고
바람도 강물도 아닌 것이 들어온다
내 몸이 지상에서 잠깐씩 빌려 쓰는 부동산
내 그림자 오천 장이 배달 온다

무슨 치부책이 이래요?
자책
자책
자책의 치부책만 꽂힌 내 책꽂이
검은 페이지마다 내용이 왜 이래요?

내가 내 그림자로 만든 책을 푸르르 넘기면

부엌이 소리친다
안방이 소리친다
주문하셨나요?

내가 밖으로 나가면 사람들은 내가 누군지 모른다
그냥 아줌마 그렇게 부른다
징조: 불길의 새가 날개를 펴고 공중 높이 배회한다
징조: 억울의 새가 억울 억울 운다
성대를 잃은 앵무새가 쇄골에 올라앉아 저주를 내린다
날개 꺾인 불행이 우울증에 걸려서
까마귀처럼 검은 우산으로 땅을 탁탁 짚는다
공포가 나가신다 슬픔님이 행차하신다
죽음을 피해 날던 까마귀가 내 품의 지붕에서 운다
밖에 나가면 배달부가 오지 않으니 그나마 다행이다
그러나 집에 들어오면 엎드려

마루에 경배한다

마루님 창문님 기둥님

내 마음만은 건드리지 마세요

내 손이 하루에 한 번씩 다 닿아 주어야

만족하는 집

벽이고 거울이고 숟가락이고 하루에 한 번씩

다 닦아 주어야 하는 집

벨이 울리고 나 갖고 싶지 않은데 검은 날개 위에 올린 부동산

오천 장이 또 배달 온다

실업의 날들

길상호

    옥탑방으로 이사 와서 나는 끝내 감금되었다 옥외 계단을 따라 내려가면 세상의 길과 맞닿은 문이 있었지만 어디로도 갈 수 없어 나는 스스로 문을 닫았다 머리 안에는 때아닌 저기압 전선과 함께 늘 먹구름이 지나고 있었으므로 모든 창을 닫고서도 축축했다 가끔 번개처럼 번쩍이는 생각들이 끊어 주는 외출증을 들고 현관으로 발걸음을 옮겨 보기도 했지만 오래 버려둔 신발은 걸음을 잊은 상태였다 개미들이 줄지어 먹다 흘린 빵 부스러기를 나르고 나는 갉아먹다 버린 그림자를 들고 다시 방으로 들어왔다 문밖에서 시간의 간수가 철커덕 자물쇠를 채우고 갔다

붉은 얼굴로 국수를 말다

신용목

물이 신고 가는 물의 신발과 물 위에 찍힌 물의 발자국, 물에 업힌 물과 물에 안긴 물
물의 바닥인 붉은 포장과 물의 바깥인 포장 아래서

국수를 만다

허기가 허연 김의 몸을 입고 피어오르는 사발 속에는 빗물의 흰 머리인 국숫발,
젓가락마다 어떤 노동이 매달리는가

이국의 노동자들이 붉은 얼굴로 지구 저편을 기다리는,
궁동의 버스 종점

비가 내린다,
목숨의 감옥에서 그리움이 긁어내리는 허공의 손톱자국!
비가 고인다,

궁동의 버스 종점
이국의 노동자들이 붉은 얼굴로 지구 이편을 말아먹는,

추억이 허연 면의 가닥으로 감겨 오르는 사발 속에는 마음의 흰
머리인 빗발들,
젓가락마다 누구의 이름이 건져지는가

국수를 만다

얼굴에 떠오르는 얼굴의 잔상과 얼굴에 남은 얼굴의 그림자, 얼
굴에 잠긴 얼굴과 얼굴에 겹쳐지는 얼굴들
얼굴의 바닥인 마음과 얼굴의 바깥인 기억 속에서

야구공 실밥은 왜 백팔 개인가

손택수

야구공은 실밥의 높낮이에 따라 회전력과 마찰력이 달라진다
산맥의 높낮이와 산림의 울울창창 밀도에 따라
지구도 회전에 영향을 받는다는데
가죽 위로 도드라져 나온 실밥은 말하자면
대륙과 대륙을 당겨 잇는 산맥 같은 것이다
그러니 중요한 건 바느질, 모두 수작업을 한다
지구의 백팔 번뇌가 여기에 있다
메이저리거 류현진의 공이 계산된 제구력에 따라 회전을 할 때
아이티나 코스타리카의 어느 시골 마을
일당 벌이 바느질을 한 소년의 빈혈을 앓는 하늘도 따라 같이 돈다
지문과 손금을 뽑아 바느질을 하는 소년의 노역은
지구의 자전만큼이나 실감이 나질 않는 이야기지만
한때 내게도 소년들 같은 이모가 있었다
닭장 같은 지하 공장에서 철야에 철야
어디로 수출되는지도 모를 옷감을 재봉질하던 소녀,
뛰는 노루발 속 바늘이 손가락을 꿰뚫었을 때
몸속에 돌돌 감긴 혈관이 실패임을 겨우 알았단다

싼 인건비를 찾아 필리핀이나 캄보디아로 떠난 공장들에서
파업 소식은 들려오고, 동남아도 예전 같지 않아 투덜투덜
출장을 다녀온 친구와 맥주를 마시며 야구 중계를 보는 시간
엉덩이에 붙은 파리를 소가 꼬리로 냅다 후려치듯 딱!
공이 떠오르면, 나는 괜한 걱정을 한다
실밥이 풀어지면 어쩌나 하고
웬만한 충격에도 속이 터지지 않도록 야무지게 다문 야구공과 함께
지구의 백팔 번뇌도 다 날아가 버리면 어쩌나 하고

흑룡강성에서 온 연이 엄마

유형진

연이 엄마는 왼손으로 밥주걱보다 견고하지 못한 삶을 사느라 입술
이 터진다 터진 입술 사이로 거칠게 흘러나오는 흑룡강의 물결 붉디붉
은 강 물결 따라 남지나해 서해 군산 앞바다 쿨럭쿨럭 쏟아지는 찬물
에 손 담그다 간밤 천둥소리에 울고 있을 연이를 떠올린다

엄마와 함께 놀던 파밭을 서성이다 눈물이 쏟아진다 눈물이 멎질 않아
눈이 멀어 버린 연이 아무리 불러 봐도 엄마는 먼 어머니의 나라에 있다

기름때 진 사내들에게 밥을 퍼 줄 때마다 데인 가슴을 수채 물로 씻
어 내고 철 수세미처럼 딱딱한 손바닥에 새겨진 고향의 지도를 본다
어느새 손금을 타고 내려오는 강물 고향에 간다

풀풀 날리는 십일월 눈 속에 파꽃이 묻힐 때 만두 장수가 지나가다
팔다 남은 만두를 연이에게 주고 간다 모락모락 피어나는 훈김이 뿌옇
게 앞을 가려 손에서 주걱을 놓친다 고슬하게 지어진 밥알이 흩어진다

차가운 밥그릇에 몰아치는 흑룡강의 눈발

하싼

이시영

하싼(45세)은 카슈미르에서 온 가장인데 열다섯 살 때부터 30년 동안 인도 북서부의 히말라야 휴양 도시 심라에서 짐꾼 노릇을 해 왔다고 한다. 그는 오늘도 다른 노동자들과 함께 220킬로그램의 기름통을 공평히 등에 지고 5킬로가 넘는 언덕길을 무릎이 무너져 내리기 직전까지 간신히 오르내리는데 정말이지 죽고 싶을 정도로 힘들 때는 "오 신이시여 저희를 도와주소서!"라고 외친다고 한다. 이슬람 사원을 개조해서 만든 미시케라는 공동 숙소에서 오늘 밤에도 잠들기 전에 그가 올리는 기도는 단 하나! "이 지상에서의 힘든 노역은 제발 저희 대에서 그치게 해 주십시오."

4부

목요일

초침처럼 빠르게 계산을 하겠다고

화장실 변기를 반짝반짝 닦겠다고

외주 용역은 안 된다,

찬 바닥에 드러누워야 한다

내 몸을 구석구석 착취해 달라는 절규 자체가

너무 지독한 치욕인데

— 황규관, 「비창」에서

평균적인 삶 — 증강 현실

이현승

김 부장은 사직을 제안받았다.
일이 줄어들면서 퇴직을 예감했었지만
예측보다 현실이 빠르다고 느낄 때야말로 떠날 때다.

구차한 말을 삼가는 것은
떠나는 사람의 고매한 자존심이다.
회사를 잘 부탁드립니다,
간결하게 걱정을 되돌렸지만

김 부장은 생각한다.
아무것도 하지 말아 달라는 부탁은 부탁인가 아닌가.
아무것도 하지 않는 것은 하는 것인가 아닌가.

부탁은 김 부장에게도 있었다.
조용히 나가고 싶습니다.
아무것도 하지 마세요.

줄 것을 주고 받을 것을 받는 것
처음부터 이것은 거래였다.

순순히 자리를 물리고 빠져나와 회사를 건너다본다.
남의 사람이 된 애인의 고친 화장처럼
짠하고 착잡하기만 하다.

세상은 봄날이고 꽃은 시절을 다투고
날리는 바람의 끝을 짐작할 수는 없으나
거래는 끝났는데 자꾸 뒤돌아보는 사람처럼
삶이란 원래부터 누군가에게 증강 현실이었던 것이다.

비창(悲愴)

황규관

더 일하게 해 달라는 절규 자체가 비극이다
우리는 강둑을 달리던 웃음도 잃고
흰 구름을 보면 맑아지던 영혼도 빼앗기고
그렇지, 가난했던 외등 아래의 설렘도
어쩔 수 없이 그 자리에 놔두고 떠나왔다
돌아갈 길은 아득히 지워졌는데
더 일하면 모든 게 되돌려질 것처럼 내내 믿어 왔는데
이제는 밥만 먹게 해 달라고* 울어야 한다
초침처럼 빠르게 계산을 하겠다고
화장실 변기를 반짝반짝 닦겠다고
외주 용역은 안 된다,
찬 바닥에 드러누워야 한다
내 몸을 구석구석 착취해 달라는 절규 자체가
너무 지독한 치욕인데
치욕에 대한 예의도 모르는 자들에게
무엇보다,
우리가 먹는 밥이 뜨거운 까닭이

자신들의 착취 때문임을 죽어도 알 수 없는 자들에게
더 일하게 해 달라며 검게 타 버린 영혼을
남김없이 보여 줘야 하다니!

가지기 싫은 원한을
한 아름씩 나눠 가져야 하는 것 자체가
너무나 무거운 비극이다

● "우리가 정규직이 돼서 한 달에 150만 원이나 200만 원 받고 싶다는 것도
아니잖아요. 한 달에 80만 원, 1년에 960만 원 벌게 해 달라는 거잖아요.
비정규직으로라도 계속 계약을 갱신하면서 일을 하게 해 달라는 건데, 그
게 이렇게까지 당해야 할 일인가요?"(어느 이랜드 노조원의 말, 프레시안
2007년 7월 20일 자)

공포 영화

김사이

홀로 삼 년째 복직 투쟁하는 해고자는
작업복만 봐도 일하고 싶다
가축으로 일하든 기계로 일하든
정규직이건 비정규직이건
밥줄인 그곳으로 돌아가리라 꾹꾹
한줄기 빛으로 기대하지만
기약이 없다

목숨 끊는 소식들
듣고 싶지 않아도 보고 싶지 않아도
두려움으로 온다
절망으로 온다
하루하루 비틀거리면서 어둠은 내려앉고
나는 위태로운 내 밥그릇 슬그머니 움켜쥔다

나를 잠글까 광장으로 튈까
대응할 수 없는 속수무책의 시간

언제 죽일지 어떻게 죽일지 알려 주는 예고편들
핏빛보다 더 붉은 일상들

단역들이여 비극으로 끝날 한 편의 삶이여

굴뚝

김성규

파업이 시작되고 몇 명은 굴뚝으로 올라가고
굴뚝 위에서는 모든 것이 훤히 보이지요
굴뚝 위에는 연기가 피어오르고
당신이 없다면 우리 모두 흩어져 울었을 거예요
파업을 지지하러 몰려온 사람들도
이제 지쳤어, 안 되겠어 집으로 돌아가는 사람도
누군가를 기다리며 자기만의 굴뚝에서 연기를 피우는 사람도
굴뚝 속이라도 들어가 손바닥을 쬐고 싶은 사람도
내려오면 안 돼요 끝까지 버텨 보세요
얼어붙은 눈물 목걸이를 목에 걸어 주는 사람도
내려오라 목이 쉬어 소리 지르는 가족들도
굴뚝에서 내려오기 전까지는 모든 것이 보이지요
하얀 구름을 찍어 내는 굴뚝도 이젠 좀 쉬어야지
모두가 굴뚝 주변에서 뭉게뭉게 이야기를 피울 때
이야기가 사방으로 흩어져 구름이 될 때
지나가던 구름이 굴뚝 위에서 쉬다
근심 많은 사람들 이마 위로 쏟아질 때

드디어 굴뚝에서 연기가 멈추고 공장도 지쳐 쓰러졌어

이제 모두 집으로 돌아가 밀린 잠을 자야지

언제 우리가 굴뚝 위로 올라왔지

굴뚝 위의 사람들은 언제 내려가야 하는지 모르고

내려가야 할 사다리마저 치워지면

굴뚝 위의 사람이 종일 뱉어 내는 한숨으로 안개가 끼고

지상의 인간들은 가끔 이야기한다

모든 것이 보이지 않아 눈이 멀어 버렸나 봐

굴뚝 위로 올라간 사람들은 먼 곳을 보며 노래하네

파업이 시작되고 몇 명은 굴뚝으로 올라가고

계약직 — KTX 여승무원이 되고 나서

김명환

KTX 여승무원이 되고 나서
나는 껌을 씹지 않는다
컵라면도 통조림도 먹지 않는다
봉지 커피도 티백 보리차도
드링크도 탄산음료도 마시지 않는다
물티슈도 냅킨도 종이컵도
나무젓가락도 볼펜도 쓰지 않는다

눈이 하얗게 내리던
크리스마스이브
아세테이트지에 돌돌 말려
빨간 리본을 단
장미 한 송이 받아 들고
나는 울었다
한 번 쓰고 버려지는 것들이
가여워서
눈물이 났다

제복을 입고 스카프를 두르면
어느 피에로의 천진난만한 웃음보다
따뜻하고 화사하게 웃어야 했지만
웃으면 웃을수록
자꾸자꾸 눈물이 났다

사는 것이
먹고사는 것이
힘든 줄은 알았지만
이렇게 구차하고 비굴하고
가슴이 미어질 줄은 몰랐다

KTX 여승무원이 되고서야 나는
이 세상이
한 번 쓰고 버려지는 것들의
눈물이라는 걸 알았다

흐르고 넘쳐
자꾸자꾸 밀려오는
파도란 걸 알았다

나의 모든 시는 산재시다—
세계 산재 노동자 추모의 날을 맞아

송경동

산재 추방의 날에 읽을
시 한 편 써 달라는 얘길 듣고
멍하니 모니터만 보고 앉아 있다
또 뭐라고 써야 하지
무슨 말을 할 수 있지

잘린 손가락과 발들을 위로하면 될까
강압으로 목과 허리에서 탈출한 디스크 추간판들을 위로하면 될
까
모든 부러진 뼈, 찢어진 눈, 터진 머리, 이완된 근육
닳아진 무릎, 손상된 폐를 위무하면 될까
압사, 추락사, 감전사, 질식사, 쇼크사, 심근경색, 유기용제 중독으
로
하루에 여덟 명씩 일수 붓듯 착실하게 죽어 간다는
모든 산재 열사들을 추모하면 될까

식당 아줌마, 중국집 배달부, 퀵서비스, 가사 노동

모든 비공식 부문 노동자들에게도
180만 특수 고용 노동자들에게도
영세 농민에 불과한 농업 노동자들에게도
산업 폐기물이 된 노령인들에게도
산재 보험을 적용해 달라고 간구하면 될까
산재 민간 감시원을, 산재 요양 기간과 적용 범위를 좀 더 늘려
달라고
산재 주무 기관을 좀 더 민주화시켜 달라고 청원하면 될까

산재 추방의 날에 읽을 시 한 편을 써 달라는 얘길 듣고
멍하니 모니터만 보고 앉아 있다
사무직 노동자들은 산재가 없을까
서비스직 노동자들은 산재가 없을까
전문직 종사자들은 산재가 없을까
내 아내에게는 내 아이에게는 산재가 없을까
사랑하는 사이에는 산재가 없을까
신체가 늘어지거나 부러지거나 잘리는 것만이 산재일까

비정규직으로, 실업으로 쫓겨나는 것은 산재 아닐까
쪼들리는 삶으로부터 오는 모든 정신의 훼손과 관계의 파탄은
산재가 아닐까

나의 모든 시도 실상은 산재시다
내가 외로움을 이야기할 때 그것은
모든 형태의 산재로부터 자유롭지 못한
이 세계에 대한 항의다
내가 자연을 그리워할 때 그것은
모든 조화로움으로부터 쫓겨난
근본적인 산재에 대한 항변이다

보라, 저 거리에 나온 모든 상품들도
불구의 몸으로 산재를 앓고 있다
보라, 저 거리에 선 모든 나무들도
팔다리 잘리며 산재를 앓고 있다
보라, 저 들녘 강물의 모든 실핏줄들도

검은 가래에 막혀 산재를 앓고 있다
보라, 저 하늘 위에서 내리는 모든 눈도 비도
산재에 물들어 있고, 보라
저 하늘의 오존층도 우리의 폐처럼
숭숭 구멍 뚫리고 있다

이 모든 산재를 보상하라고
우리는 말해야 한다
이 모든 산재를 지속 가능한 상태로 되돌리라고
우리는 요구해야 한다 누구에게? 저 자본에게
우리의 잘린 손가락과 발가락을 모아
닳아진 무릎뼈와 폐혈관과 혼미해진 정신을 모아
배부른 저 자본에게 우리는 요구해야 한다
이윤이 중심이 아니라
건강과 안전과 평화와 연대가 중심이 되어야 한다고
가장 악독한 산재, 이 눈먼 자본주의를 추방해야 한다고
모든 스트레스의 근원인 착취와 소외의 세계화를 막아야 한다고

모든 사랑스런 관계들을 파탄으로 내모는
이 불안정한 세계를 근절해야 한다고

산재 추방의 날에 읽을 시 한 편 써 달라는 얘길 듣고
멍하니 모니터만 바라보고 있다
자본주의를 추방하지 않고
산업 재해 없는 세상이 올 수 있을까
생각하면 이렇게 간단한데 그것이 왜 이다지도 어려울까
나와 우리가 진정으로 겪고 있는
가장 엄중한 산재는 이것이 아닐까
더 이상 희망을 말하지 못하는
다른 세계를 꿈꾸지 못하는
이 가난한 마음들, 병든 마음들

어느 날 마포에서

이상국

커피점에서 아들을 기다리는데

티브이에서 어느 자동차 공장의 노동자가 또
스스로 목숨을 버렸다는 뉴스가 나온다

죽은 노동자는 기차처럼 젊었다

우리는 모두 살기 위하여 일하지만
일을 위하여
사는 걸 버리는 사람들이 있고

먹어야 얼마나 먹는다고
입을 위하여
몸을 버리는 사람들도 있다

그 사람이 스물몇 번째라는데
어딘가에서

계속 밧줄을 걸어 주는 사람들도 있을 것이다

죽으면 라면도 못 먹는다

그러나 누구에게나 죽음은 남의 일이고
커피 향이 허기처럼 스며드는 저녁

휴가 나오는 아들과 나는 한 끼 밥을 찾아
저 거리로 나설 것이다

갈색 가방이 있던 역 *

심보선

작업에 몰두하던 소년은
스크린 도어 위의 시를 읽을 시간도
달려오는 열차를 피할 시간도 없었네.

갈색 가방 속의 컵라면과
나무젓가락과 스텐 수저.
나는 절대 이렇게 말할 수 없으리.
"아니, 고작 그게 전부야?"

읽다 만 소설책, 쓰다 만 편지,
접다 만 종이학, 싸다 만 선물은 없었네.
나는 절대 이렇게 말할 수 없으리.
"더 여유가 있었더라면 덜 위험한 일을 택했을지도."

전지전능한 황금 열쇠여,
어느 제복의 주머니에 숨어 있건 당장 모습을 나타내렴.
나는 절대 이렇게 말할 수 없으리.

"이것 봐, 멀쩡하잖아, 결국 자기 잘못이라니까."

갈가리 찢긴 소년의 졸업장과 계약서가
도시의 온 건물을 화산재처럼 뒤덮네.
나는 절대 이렇게 말할 수 없으리.
"아무렴, 직업엔 귀천이 없지, 없고 말고."

소년이여, 비좁고 차가운 암흑에서 얼른 빠져나오렴.
너의 손은 문이 닫히기도 전에 홀로 적막했으니.
나는 절대 이렇게 말할 수 없으리.
"난 그를 향해 최대한 손을 뻗었다고."

허튼 약속이 빼앗아 달아났던
너의 미래를 다시 찾을 수만 있다면.
나는 절대 이렇게 말할 수 없으리.
"아아, 여기엔 이제 머리를 긁적이며 수줍게 웃는 소년은 없다네."

자, 스크린 도어를 뒤로하고 어서 달려가렴.

어머니와 아버지와 동생에게로 쌩쌩 달려가렴.

누군가 제발 큰 소리로 "저런!" 하고 외쳐 주세요!

우리가 지옥문을 깨부수고 소년을 와락 끌어안을 수 있도록.

• 이 시는 비스와바 심보르스카의 시 「작은 풍선이 있는 정물」을 2016년 5월 28일 구의역에서 스크린 도어 정비 중 사망한 열아홉 살 소년을 생각하며 고쳐 쓴 것이다.

5부

금요일

깜빡 나를 잊고 출근 버스에 올랐다

어리둥절해진 몸은

차에서 내려 곧장 집으로 달려갔다

방문 밀치고 들어가 두리번두리번

챙겨 가지 못한 나를 찾아보았다

— 박성우, 「건망증」에서

투명 고양이

안현미

매일매일 출근해
바닥을 견디는 것
자신을 견디는 것

길고양이의 왼쪽 귀 끝
중성화 수술 표시로 잘려 나간
삼각형의 투명처럼

거기서부터 삶을 거기서부터 죽음을
Ctrl+C, Ctrl+V처럼
인생은 어디론가 흘러가고 있는데

투명한 삼각형에 연루되어
그늘지고 멍든 쪽으로
공손하게 두 발을 모으고 있는

왼쪽 귀가 잘려 나간

길고양이의 결가부좌처럼

거기서부터 죽음을 거기서부터 삶을
Ctrl+X, Ctrl+V처럼
인생은 어디론가 흘러가고 있는데

매일매일 출근해
바닥을 시작하는
자신을 시작하는

투명 고양이

건망증

박성우

깜빡 나를 잊고 출근 버스에 올랐다
어리둥절해진 몸은
차에서 내려 곧장 집으로 달려갔다
방문 밀치고 들어가 두리번두리번
챙겨 가지 못한 나를 찾아보았다
화장실과 장롱 안까지 샅샅이 뒤져 보았지만
집 안 그 어디에도 나는 없었다
몇 장의 팬티와 옷가지가
가방 가득 들어 있는 걸로 봐서 나는
그새 어디인가로 황급히 도망친 게 분명했다
그렇게 쉬고 싶어 하던 나에게
잠시 미안한 생각이 앞섰지만
몸은 지각 출근을 서둘러야 했다
점심엔 짜장면을 먹다 남겼고
오후엔 잠이 몰려와 자울자울 졸았다
퇴근할 무렵 비가 내렸다
내가 없는 몸은 우산을 찾지 않았고

순대국밥집에 들러 소주를 들이켰다
서너 잔의 술에도 내가 없는 몸은
너무 가벼워서인지 너무 무거워서인지
자꾸 균형을 잃었다 금연하면
건강해지고 장수할 수 있을 것 같은 몸은
마구 담배를 피워 댔다 유리창에 얼핏
비친 몸이 외롭고 쓸쓸해 보였다
옆에 앉은 손님이 말을 건네 왔지만
내가 없었으므로 몸은 대꾸하지 않았다
우산 없이 젖은 귀가를 하려 했을 때
어딘가로 뛰쳐나간 내가 막막하게 그리웠다

코팅 목장갑

이장근

작업을 마치고 벗어 놓은
너덜너덜한 코팅 목장갑 붉은 손바닥에도
손금이 있다
손바닥 가운데를 가로지른
굵은 지능선 위에 평행 맞춰
시원스럽게 뻗은 감정선
잘은 몰라도 똑똑하고 따뜻한 사람이겠다
새끼손가락 밑에 보일락 말락
수줍게 그어진 결혼선까지
소꿉놀이하듯 알콩달콩 살겠지
그런데 세로 선이 모두 어디로 갔을까
손바닥 좌우를 가르며
곧게 뻗어 가면 좋을 운명선과
새끼손가락으로 올라가는 재물선
하다 못해 생명선이라도 있어야 할 것 아닌가
없으니 긍정도 부정도 할 수 없는 인생
하루 벌어 하루 먹고 사는 인생이

저녁볕에 젖은 땀을 말리고 있다
운명도 돈도 생명도 모르게
작업을 마치고 장갑을 빠져나간 손
탈피하듯 허물을 벗어 놓고 떠난
하루살이의 날아간 자리를 가늠해 본다
붉게 펼쳐진 노을 위로 새가 난다
하루치 손금을 긋는다

웃는 남자 *

김근

웃음을 빼앗기고 사람들이 하나둘 사라진 뒤
남자는 제 웃음을 짜내어 거푸집을 만들고
밤마다 웃음을 찍어 냈다네
이따금 성형이 잘못되었거나 금이 가거나
빛깔이 좋지 않은 웃음들은
사정없이 깨뜨려 버리기도 했는데
그의 집 앞에는 웃음의 조각들이 내는
날카로운 소리로 밤새 시끄러웠다네
똑같은 웃음은 겹겹이 쌓여만 가고
어느 웃음이 진본인지도 까마득히
잊어버렸는데 방 안이 온통 웃음으로 가득해도
웃음의 쓸모에 대해선 정작 오리무중이어서
한동안 그는 웃음을 색칠하는 일에 골몰했던 것인데

어두운 광장에선 자꾸만
웃음을 빼앗긴 채 사람들이
어디론가 끌려가고

끌려가서 좀처럼 돌아오지 않고

결국 그는 웃음의 밀매업자가 되었다네
색칠한 웃음을 보따리에 싸 짊어지고
접선하듯 어둠 속에서
사람들에게 웃음을 팔았다네
색색의 웃음을 쥔 사람들이 어둠 속으로 ㅎㅎㅎ
몸을 감추면 또 다른 사람들의 ㅎㅎㅎ
소리가 흔들리며 흔들리며 그에게로 왔다네
처음 웃었던 그의 웃음은
누구에게 갔을까
끌려갔다가 간신히 돌아온 사람들은
간지럼을 태워도 웃을 줄 모르고
웃음 사려 웃음 사려
간지럼을 타듯 그가 지나간
골목의 낡은 벽돌들 틈에서 은밀히
그의 목소리가 흘러나오기도 했는데

입꼬리가 귀까지 찢어져
한 번도 울음의 입 모양을 만들어 본 적 없이
그저 웃는 채로만
그는 밤마다 도시의 골목들을 떠돌았다네

● 빅토르 위고의 소설 제목에서 따옴.

물류 창고

이수명

P는 M을 따라다닌다.

오늘 P는 M과 같은 조이다.

어제는 N과 같은 조였다.

전에도 M과 같은 조였던 적이 있다.

언제였는지 생각나지 않는다.

P는 M을 따라 이동하고

M을 따라 기분이 좋아진다.

접이식 테이블을 지나 빼곡한 선반들을 돌아서

좁은 통로를 따라가며

오늘의 새로운 사실들을 덧붙인다.

전에는 높이 있는 물건을 내리다가 떨어뜨리기도 했는데

창고 안에서 혼자만 소리를 냈던 것이다.

지금은 모든 것이 잘되어 간다.

여행용 가방을 A 영역으로 옮겨 놓다가

모퉁이 구석진 Q 끝으로 돌려놓고

다시 입구의 C로 진열한다.

C 영역이 갑자기 늘어난다.

P는 M을 따라 걸음을 멈추었다가
평소처럼 Z까지 창고를 한 바퀴 돈다.
오늘은 두 바퀴 돌았는데
매일 돌기에 돌지 않은 것만 같다.
K 쪽 물건들은 배송 중이거나 배송되었다고 표시된다.
배송되었다가 반송되기도 한다.
배송과 반송이 번갈아 나타난다. 흔히 있는 일이다.
P는 M을 따라 확인란에 이상 없음이라고 사인한다.
P는 자신의 글씨체를 좋아하지 않는다.
이렇게 해 볼까 다르게 해 볼까 하다가
결국 어제와 비슷한 필체로 휘갈긴다.
PM 6:00
P는 물류 창고 한가운데 서 있다.
새로운 물류를 맞이하려고 두 팔을 벌린다.
그러나 잠시 후
밖에서 누가 부른다.
P는 대답하지 않고 그 음성을 향해 간다.

바닥에 쓸려 다니는 먼지를 따라간다.

김 대리는 살구를 고른다

임경섭

누르면 툭- 하고 떨어지는 아침

삼푸 통 마지막 남은 몇 방울의 졸음마저 있는 힘껏 짜낸

김 대리는 네모반듯하게 건물 속으로 들어가

차곡차곡 쌓인다 날마다 김 대리의 자리는 한 블록씩 깊어진다

아래층 이 과장은 한 박스 서류 뭉치로 처분되었다지

누군가 음료수를 뽑아 마실 때마다 덜컹 내려앉는 일과,

버려질 것을 아는 이들도 사방으로 설계된 빌딩 속으로

차례대로 몸을 누인다

모든 가게의 비밀은 진열장에 숨어 있다

이리저리 굴러다녀야 할 것들을 가득 담아 놓은 과일 바구니

모인 것들은 축축한 바닥에 한 번 튕겨 보지도 못하고

뿌연 먼지로 내려지는 셔터를 기다려

어둠 속으로 무른 멍 자국을 감춘다

바닥에 떨어지거나 모서리에 부딪쳐 생긴 것보다

서로에게 짓이겨 생긴 멍자국에서 과일은

더 지독한 향기를 뿜는다

곯은 사람들로 붐비는 퇴근길은 진한 매연 냄새를 풍기고

김 대리는 살구를 고른다

먼지 닦아 가며 고르다가 떨어뜨린

살구 한 알 탱탱하게 굴러가는 것을 본다

짓무르지 않은 것들은 저렇게 꿋꿋이 굴러다니는데

쌓여 있어 한쪽으로 절뚝이는 것들아

살구를 주우러 가는 김 대리의 발자국에 통증처럼

저녁이 배고 높은 허공으로 신음처럼 새가 난다

곧지도 않고 함부로 꺾이지도 않는 길을 가는 새의 둥근 비행

그 아래서 김 대리는 둥글게 몸을 말아 살구를 줍는다

구로

서효인

이모는 대우어패럴에 다녔다고 했다. 어느 날은 새우잠을 자던 기숙사 방 윗목에서 거의 알몸으로 두들겨 맞는 꿈을 꾸었다. 나는 가리봉동의 굽은 길을 따라 옷을 사러 간다. 누군가가 이리저리 헤집어 놓은 옷들이 아픈 사람처럼 가판에 누워 있다. 옷들이 누워서 맞는 이모를 얼싸안고 있다. 봉제가 엉망이었을까, 옷은 쉽게 찢어졌다. 이모는 똥물을 뒤집어쓰기도 했다고 한다. 에이, 설마 그랬을까. 가리봉동에서 옷을 고른다. 성질 급한 날씨처럼 바쁜 걸음으로 밀려나온 조선족이 신호등 앞에 섰다. 비가 올 것 같아 하늘을 보면, 매처럼 쏟아지던 것들. 옷들, 인형들, 역군들. 신호등 뒤 아파트에서 이모는 분식을 먹다가 입을 가리고 웃다가 심각하게 책을 읽다가, 신호가 바뀌면 나는 다른 옷을 고르러 간다. 조선족과 어깨를 부딪치지 않으려 조심하며 뭍에 나온 새우처럼 흔들리는 쇼핑백을 단속하며. 이모는 배가 금방 꺼지고 졸음이 바삐 오고 옷을 좋아했던 사람. 사계절마다 새 옷을 사고 싶은 마음이 돌아온다. 자양 강장제를 먹으면 배가 부르고 잠이 깨고 미싱기가 돌아간다. 에이, 거짓말도 참. 두들겨 맞는 꿈을 꾸다 놀라 깨어나면 가발 공장에 가야 할 시간이었다. 다음 날 밤이면 머리칼이 모두 뽑히는 꿈을 꾸게 될까. 기억나는 꿈? 글쎄, 예쁜 옷을 만들어 입는 것이었을까. 나는 가리봉동에서 세일하는 옷을 잔뜩 사는 것으로 겨울을 준비한다. 이모는 대우어패럴에서 잘리고도 구로를 떠나지 못했다고 한다. 잠깐 졸고 옷을 꿰고 가발을 붙인다. 조선족들이 한국말과 북경어가 뒤섞인 대화를 하며 가까워지다 멀어진다. 가리봉동 횡단보도 한가운데서 옷가지를 떨어뜨렸다. 이모의 찢어진 옷이었다. 두 시간 자고 일어나 다시 미싱기를 잡았지. 손가락에 인이 박혀서 아픈 줄도 몰랐어. 에이, 설마 진짜 그럴까. 이모는 멀지 않은 곳에서 깔끔하고 정련된 솜씨로 봉제를 한다. 분식집들은 없어지고 감자탕집에서 구린내 나는 등뼈의 남은 살점을 뜯는다. 이모의 친구일까. 이모의 사장일까. 이모의 이모일까. 신호가 바뀌고 성난 차가 지나가고 나는 도로에 갇혀 옷을 사기 위해 전력했던 나의 노동을 생각한다. 어쩐지 꿈에서 본 장면 같지만, 나는 알몸이고, 이곳은 구로다.

한낮의 밤에 흰 그림자

유병록

그들은 밥 먹고 일하고 잠을 잤지
어리석게도
자신이 인간이라 믿으며

대낮의 세계를 꿈꾸기도 하였지
우습게도
어두운 손을 맞잡고
거리를 활보하는데

빛이 몸을 통과했지
바람이 머뭇거리지도 않고 지나쳐 갔지

유령이 아니야
유령들이 유령의 말로 소리쳤으므로
고요한 세계

발가벗어도 외설이 되지 못하고

피 흘려도 사소한 장애물조차 되지 못하고

시간마저 그들을 통과해서 유유히 흘러갈 때
내가 유령이었나
우리가 정말 유령이란 말인가
서로 묻다가

일을 그만두고 식음을 전폐하고 밤을 지새우며
유령이 되어 갔지
불행하게도
자신이 유령이라 믿으며

유령 1

이영광

이것은 소름끼치는 그림자,
그림자처럼 홀쭉한 몸
유령은 도처에 있다
당신의 퇴근길 또는 귀갓길
택시가 안 잡히는 종로2가에서 무교동에서
당신이 휴대폰을 쥐고
어딘가로 혼자 고함칠 때,
너무도 많은 이유 때문에 마침내 이유 없이 울고 싶어질 때
그것은 당신 곁을 지나간다
희망을 아예 태워 버리기 위해 폭탄주를 마시며 당신이
인사불성으로 삼 차를 지나온 순간,
밤 열한 시의 11월 하늘로 가볍게
흩어져 버릴 수 있을 것 같은 순간
당신에겐 유령의 유전자가
찍힌다, 누구나 죽기 전에 유령이 되어
어느 주름진 희망의 손에도 붙잡히지 않고
질척이는 골목과 달려드는 바퀴들을 피해

힘없이 날아갈 수 있다
그것이 있는 한 그것이 될 수 있다
저렇게도 깡마르고 작고 까만 얼굴을 한 유령이
이 첨단의 거리를 배회하고 있다니
쉼 없이 증식하고 있다니
그러므로 지금은 유령과
유령이 되지 않기 위해 몸부림치는 몸들의 거리
지하도로 끌려 들어가는 발목들의 어둠,
젖은 포장을 덮는 좌판들의 폭소 둘레를
택시를 포기한 당신이 이상하게 전후좌우로
일생을 흔들면서 떠오르기 시작할 때,
시든 폐지 더미를 리어카에 싣고
까맣게 그을린 늙은 유령은 사방에서
천천히,
문득,
당신을 통과해 간다

6부

토요일

대학에 입학하자 나는 거룩하고 순수한 음식에 대해

밥상머리에서 몇 달간 떠들기 시작했다

문학과 정치, 영혼과 노동, 해방에 대하여, 뛰어넘을 수 없는 반찬 칸과 같은 생물들에 대하여

잠자코 듣고만 계시던 어머니 결국 한 말씀 하셨습니다

"멸치도 안 먹는 년이 무슨 노동 해방이냐"

— 진은영, 「멸치의 아이러니」에서

영웅

이원

오늘도 나는 낡은 오토바이에 철가방을 싣고
무서운 속도로 짜장면을 배달하지
왼쪽으로 기운 것은 오토바이가 아니라 나의 생이야
기운 것이 아니라 내 생이 왼쪽을 딛고 가는 거야
몸이 기운 쪽이 내 중심이야
기울지 않으면 중심도 없어
나는 오토바이를 허공 속으로 몰고 들어가기도 해
길을 구부렸다 폈다
길을 풀어 줬다 끌어당겼다 하기도 해
오토바이는 내 길의 자궁이야
길은 자궁에 연결되어 있는 탯줄이야
그러니 탯줄을 놓치는 순간은 절대 없어

내 배후인 철가방은 안팎이 똑같은 은색이야
나는 삼류도 못 되는 정치판 같은 트릭은 쓰지 않아
겉과 속이 같은 단무지와 양파와 춘장을
철가방에 넣고 나는 달려

불에 오그라든 자국이 그대로 보이는
플라스틱 그릇에 담은 짜장면을
랩으로 밀봉하고 달려
검은 짜장이 덮고 있는 흰 면발이
불어 터지지 않을 시간 안에 달려
오토바이가 기울어도 짜장면이 한쪽으로
쏠리지 않는 것
그것이 내 생의 중력이야
아니 중력을 이탈한 내 생이야

표지판이 가리키는 곳은 모두 이곳이 아니야
이곳 너머야 이 시간 이후야
나는 표지판은 믿지 않아
달리는 속도의 시간은 지금 여기가 전부야
기우는 오토바이를 따라
길도 기울고 시간도 기울고 세상도 기울고
내 몸도 기울어

기울어진 내 몸만 믿는 나는
그래 절름발이야
삐딱한 내게 생이란 말은 너무 진지하지
내 한쪽 다리는 너무 길거나 너무 짧지
그래서 재미있지
삐딱해서 생이지 절름발이여서 간절하지
길이 없어 질주하지

달리는 오토바이에서 나도 가끔은 뒤를 돌아봐
착각은 하지 마 지나온 길을 확인하는 것이 아니야
나도 이유 없이 비장해지고 싶을 때가 있어
생이 비장해 보이지 않는다면
대단해 보이지 않는다면
어느 누가 온몸이 데는 생의 열망으로 타오르겠어
그러나 내가 비장해지는 그 순간
두 개의 닳고 닳은 오토바이 바퀴는 길에게
파도를 만들어 주지

길의 뼈들은 일제히 솟구쳐 오르지
길이 사라진 곳에서 나는
파도를 타고 삐딱한 내 생을 관통하지

디오라마
송승언

그는 라인을 떠나고 너는 라인에 합류한다 컨베이어 벨트를 따라서 가시. 이파리. 꽃가지. 붉은 꽃잎들.

그는 이제 없다, 말하며 너는 라인에 합류한다 마스크를 쓰고 손을 움직인다 농담 없이 표정 없이
　공장에 울리는 무조음처럼

재료가 도착하면 너는 꽃잎을 조립한다 재료가 도착하면
　손끝에 가시가 박힌다
　네가 피를 흘린다 쓰러진다

그는 이제 없다, 말하며 너는 라인에 합류한다 무조음 울리는 공장처럼 너는 꽃잎을 조립한다
　지문을 지워 가며

네가 피를 흘린다 비명은 마스크에 가려진다
　그는 이제 없다, 말하며 너는 고개를 돌린다

그는 이제 입 없이 웃으며 꽃다발 속으로
들어간다
너의 자리에 공백이 생긴다 덜 만든 꽃이 도착한다

너는 라인 앞에서 정지한다.

콩나물을 다듬을 때

장철문

내가 아버지의 아들인 것이 자랑일 때는
콩나물을 다듬을 때

콩나물을 다듬는 것은
숨결과
아주 가까운 노동
물꼬를 보던 손길과 아주 가까운

콩나물을 다듬던 아버지의 손
쇠스랑을 당기던
쟁기날을 갈아 끼우던
나뭇단을 집어던지던

가장 아버지의 것 같은
숨결
가장 아버지의 것 같은
손길

왼손으로 짚어 허리를 간신히 펴고
오른손에 바가지를 들고
저린 발을 내디딘다

내가 아버지의 아들일 때는
콩나물 바가지를
슬그머니 부엌에 들여놓는 때

바틀비

서대경

그는 사무실의 잿빛 벽에 면한 자신의 업무용 책상 앞에 경직된 채로 앉아 있다. 가늘게 실눈을 뜨고, 유령처럼 희미한 광채를 발하면서. 멀리서 보면 그가 앉은 자리는 높이 쌓아 올린 서류철 더미에 파묻혀 있는 잿빛 동굴을 연상시킨다. 그는 두 손을 단정히 책상 위에 펼쳐 놓은 채 자신에게 할당된 서류가 도착하기를 기다린다. 건너편에서 그녀의 시선이 그의 자리를 가리고 선 철제 캐비닛 근처를 더듬는다. 그녀는 그를 생각한다. 어제도, 오늘도, 그가 이곳에 입사하기 전부터. 그녀는 그에게 전해 줄 서류가 도착하기를 기다린다. 그녀는 꿈속에서 그를 처음 만났다. 꿈속에서도 그는 책상 위에 자신의 손가락들을 펼쳐 놓고 있었다. 창밖에선 눈이 내리고 있었고, 파르스름한 안개 너머로 그토록 오랫동안 그의 손은 책상 위에 펼쳐져 있었다.

도시 외곽의 공장 지대 지하로부터 검붉은 파이프들이 뻗어 나온다. 눈 녹은 물과 공장 지대를 둘러싸고 있는 겨울 숲의 차가운 빛이 거미줄처럼 뻗어 있는 파이프들의 통로를 따라 뒤섞인 걸쭉한 검은 액체가 되어 도시의 중심부로 흘러들어 온다. 도시의 지하엔

거대한 기계의 수많은 톱니바퀴들이 맞물려 돌아가면서 액체를 빨아들였다가 내뿜으며 열기를 만들어 낸다. 뜨거운 검은 물이, 걸쭉하고 부글부글거리는 검은 물이 그가 앉아 있는 사무실에도 공급된다. 그것은 벽 속을 타고 흐르면서 건물의 외벽에 쌓인 눈을 녹게 하고, 온수가 나오게 하며 사무원들로 하여금 서류를 검토하게 한다. 쥐들은 지하의 파이프 근처에서 새끼들을 낳고 파이프에서 새어 나오는 증기를 따라 이동한다. 그것들은 꼽추들과 예언자들과 쥐 인간들로 붐비는 지하 시장을 가로질러 간다. 그곳에서는 도시가 자라나는 소리가 잘 들린다. 그리고 시장 모퉁이의 어둠 속에 그가 앉아 있다. 그는 벽에 기대어 두 무릎을 세운 채 가늘게 실눈을 뜨고 있다. 한복판에 세워진 단상 위에서 모자를 쓴 쥐 인간들이 무슨 말인가를 큰 소리로 부르짖는다. 박수 소리. 거대한 톱니들이 맞물리는 소리. 뱀의 혀처럼 날름거리는 증기의 쉭쉭대는 소리.

　그녀의 책상 위로 서류 뭉치가 도착한다. 그녀는 일어서서 거대한 사무실의 통로를 따라 걸어 다니며 서기들에게 각자 할당된 서류를 분배하기 시작한다. 성에 낀 창틈으로 눈 내리는 거리의 풍경이 희미하게 보인다. 그 위로 서류를 들고 있는 그녀의 야윈 몸의 윤곽이 잠시 비쳤다가 사라진다. 그녀의 발걸음은 마침내 캐비닛 앞에서 멈춘다. 그의 구부정한 등은 여전히 경직되어 있다. 그러나 그의 손이 갑작스럽게 책상 위에서 솟아오른다. 그녀가 들고 있던 마지막 서류가 그의 손에 쥐어진다. 그녀는 돌아서기 전 반쯤 열려져 있는 그의 책상 서랍을 들여다본다. 살찐 검은 쥐들이 꼬리를 감은 채 서랍 안에 웅크리고 잠들어 있다. 다섯 시까지. 그녀의 입술이 떨린다. 다섯 시까지요. 그녀가 돌아선다. 알겠소. 잿빛 벽을 주시한 채 그가 말한다. 그는 펜을 손에 쥐고 빠른 속도로 서류를 필사하기 시작한다.

소하동
김안

옆집 사람이 텔레비전에 나왔다. 새로 생긴 대형 마트 앞에서 서럽게 울고 있었다. 사람답게 살기는 어려운 법이다. 창가에 놓인 책들이 바래져 간다. 책들 사이에서 벌레들이 기어 나온다. 그는 여전히 울고 있겠지만, 악은 갈수록 평범해져 간다. 베란다 한 귀퉁이 수년간 버려둔 화분에서 알 수 없는 잡초들이 올라온다. 잎과 잎 사이에 거미가 집을 만들고 있다. 평범해서는 사람다울 수 없고, 나는 너무 쓸데없는 것들만 읽고 써 왔다. 하지만 나는 여전히 나의 가족들이 내가 쓴 글들 읽을까 봐 두렵다. 집 앞 골목에는 플래카드가 펄럭이고 아침이면 그 아래로 쓰레기들이 수북하고 가끔 그 속에는 고양이들이 얼어 죽어 있고, 그 배 속에는 파리의 알이 가득하고, 하루 사이 몇몇 가족은 얼굴만 남겨둔 채 이 마을을 떠났다. 이 밤의 흰 발자국은 누구한테 쫓기기에 밤새 저리 길어질까. 이 문장의 진실은 어디에 있을까. 이 문장만이 내가 등 돌리고 누울 유일한 곳일까.

봄, 태업

정한아

쓰는 일을, 읽는 일을
게을리해도 아무도 벌하지 않고
생각을 중단해도 누구 하나 위협하지 않는
더러운 책상 앞
불빛은 떨어지고 밤이면 길에서
조용히 죽어 갈 어린 고양이들의
가냘픈 울음소리

남의 땅이 흔들리는 일에 익숙해져 간다
누군가의 선택이 어쩔 수 없는
운명이 되어 모두에게 돌아온다
범람하는 하천처럼 세슘처럼

역사란 불행이란 대박의 행운이란
더러운 것
돈을 좋아하고 돈으로 이웃을 돕는 선의 아무렴,
그것은 팬티처럼 마음이 놓이니까

자기의 살던 곳을 한 번쯤 순례하고픈 향수
사랑, 무엇보다
사악한 흑심 알고 보면
이름 없는 나를 생각하며 천천히 연필심을 가는 일
이게 모두 한마음이라니

도무지 장난칠 맛이 안 나는 날
밥 먹는 일을 등한히 하여도 누구 하나
엄포를 놓지 않는
임투도 등투도 없는
더러운 책상 앞

손 없는 새들이 깃털로 창공을 어루만질 때
죄 없이 부푸는 잎맥의 감탄과 탄식 사이에서

일이란 무엇인가
사람의 일이란 대체 무엇인가

기계, 기계들
박순원

나는 시를 쓰는 기계다 컴퓨터 앞에 앉아 나를 Auto 모드로 놓으면 시가 술술 나온다 나는 제꺽제꺽 시를 써 제낀다 다 쓴 시는 저장한다 주위를 둘러보면 운전하는 기계도 있다

밥 먹고 잠자고 나와서 계속 운전만 한다 잠깐 쉬었다가 하기도 한다 운전하는 기계도 운전대 앞에 앉아 스스로를 Auto 모드로 놓으면 그냥 자동으로 운전을 하게 되어 있는 것이다 주말이면 산에 올라가는 기계들이 옷을 갖춰 입고 등산을 한다 왜 오르느냐고 물으면

산이 거기 있기 때문에 오른다고 대답한다 기계답다 비평하는 기계도 있다 내가 뭐라고 뭐라고 써 놓으면 흘깃 보고 한쪽으로 밀어 놓는다 끌어당겨서 다시 한 번 더 보기도 하는데 모든 과정이 기계적이다 유감이 있을 리 없다 하루 종일 사무를 보는 기계도 있고

하루 종일 차를 파는 기계도 있다 차를 파는 기계는 대개 말쑥하고 잘 웃는다 감정이 있나 없나 쓸데없는 말을 시켜 보기도 하는데

딱 거기까지만 반응하는 프로그램이 내장되어 있다 기계가 고장 나면 고쳐 주는 기계도 있다 그 기계는 무척 비싸다 어제는 시를 쓰는 기계끼리 모여 술을 마셨다

어떤 기계가 나한테 선생님이라고 했다 같은 기계끼리 무슨 말씀을 나는 술잔을 조금 높이 치켜들고 빙긋 웃었다 술을 마시다가 부품을 꺼내서 보여 주는 기계도 있다 기계 하나가 기계로 사는 것이 슬프다고 조금 울었다 훌륭한 기계들이다

기계의 작동 원리를 꿰뚫는 기계도 있는데 오래된 기계들이라 성능은 좀 떨어진다 내구성을 갖추고 어떤 상황에서도 오작동을 하지 않는 것이 무엇보다 중요하다 그리고 방전되지 않을 것 방전되었더라도 겉으로 표시 안 나게 끝까지 이를 악물고 계속 작동할 것

멸치의 아이러니

진은영

멸치가 싫다
그것은 작고 비리고 시시하게 반짝인다

시를 쓰면서
멸치가 더 싫어졌다
안 먹겠다
절대 안 먹겠다

고집을 꺾으려고
어머니는 도시락 가득 고추장멸치볶음을 싸 주셨다
그것은 밥과 몇 개의 유순한 계란말이 사이에 칸으로 막혀 있었
지만
뚜껑을 열어 보면 항상 흩어져 있다

시인의 순결한 양식
그 흰 쌀밥에서 나는 숭고한 몸짓으로 붉은 멸치를 하나하나 골
라내곤 했다

시민의 순결한 양식

그 붉은 쌀밥에서 나는 결연한 젓가락질로 하얘진 멸치를 골라
내곤 했다

대학에 입학하자 나는 거룩하고 순수한 음식에 대해
밥상머리에서 몇 달간 떠들기 시작했다
문학과 정치, 영혼과 노동, 해방에 대하여, 뛰어넘을 수 없는 반찬
칸과 같은 생물들에 대하여
잠자코 듣고만 계시던 어머니 결국 한 말씀 하셨습니다
"멸치도 안 먹는 년이 무슨 노동 해방이냐"

그 말이 듣기 싫어 나는 멸치를 먹었다
멸치가 싫다, 기분상으로, 구조적으로
그것은 작고 비리고 문득, 반짝이지만 결코 폼 잡을 수 없는 것

왜 멸치는 숭고한 맛이 아닌가
왜 멸치볶음은 죽어서도 살아 있는가

이론상으로는, 가닿을 수 없다는 반찬 칸을 뛰어넘어 언제나 내 밥알을 물들이는가
왜 흔들리면서 뒤섞이는가

총체적으로 폼을 잡을 수 없다는 것
그 머나먼 폼
왜 이토록 숭고한 생선인가, 숭고한 젓가락질의 미학을 넘어서 숭고한가
멸치여, 그대여, 아예 도시락 뚜껑을 넘어 흩어져 준다면,
밥알과 함께 쏟아져만 준다면
그 신비의 알리바이로 나는 영원토록 굶을 수 있었겠네

두 눈 속에 갇힌 사시(斜視)의 맑은 눈빛으로
다른 쪽의 눈동자를 그립게 흘겨보는 고독한 천사처럼

유나의 맛

배수연

유나는 매일 그림을 그리던 손으로 저녁을 한다 그림도 잘하고
음식도 잘하고 잘한다 잘한다 하니까 설산을 그리고 시금치를 무
치고 새를 그리고 두부를 썬다 손은 늘 더러웠는데 목탄이나 잉크
가 묻어서인지 파 뿌리나 오징어를 다듬어서인지는 알 수 없었다
우리는 작업실 의자에 오래된 화판을 얹어 밥을 차려 먹었다 시장
에 새로 생긴 황금통닭집 타일은 전부 샛노랗더라? 나는 유나 밥
을 밀어 넣으며 말했다 니가 그린 그림 팔아서 치킨 사 먹을까? 이
말은 하지 않았다 유나가 종일 매달린 그림을 먹는 일과 김 나는
밥을 그리는 일과 유나가 캔버스를 삶고 물감을 굽고 기름을 바르
고 커튼을 담그고 앵무새를 튀기고 촛불에 양념장을 칠하는 그런
시간은 소중하지 아무렴 하지만 여기는 확실한 세상이고 노란색
타일의 선택은 확실히 확실하긴 해 나는 생각했다

7부

일요일

민들레 꽃잎을 열고 사철나무 줄기를 잰걸음으로 걸어

나무꾼의 잔등에 날개옷을 덮어 준

여자들이 하하 호호 서로의 등을 밀어 주는

오래된 연못이 있기 때문

일요일 오후에 내가 목욕하러 가는 것은 이 때문

— 김선우, 「오후만 있던 일요일」에서

저무는 봄날

최정례

오늘 아무 데서도 전화 오지 않았다
끊어진 형광등을 갈고
흔들리는 의자 다리를 어떻게 하려 했으나
내버려 두었다

오늘 아무 일도 하지 않았다
욕실 바닥엔 구부러진 머리카락도 몇 있었고
반찬 가게 주인이 깻잎을 사라고 했을 때
콩잎은 없느냐고 물었을 뿐이다

TV에선 어린 코끼리를 관광용으로 길들이려고
꼬챙이로 이마를 찔러 피범벅이 되는 걸 보여 주었다
생각만 했다
에미 코끼리는 왜 새끼 코끼리를 낳아서

오늘 어제보다는 바람이 덜 불었고
조금 늦게 날이 저무는 거 같았고

뒤뚱거리는 의자에 그냥 앉아 있었다

주말농장

김기택

펜과 자판(字板)에 익숙한 손으로 삽과 호미를 쥐어 본다. 컴퓨터 모니터와 종이에 익은 눈으로 나무와 풀과 흙을 탐욕스럽게 만져 본다. 냉난방으로 희어진 피부에 작살 같은 햇살을 꽂아 본다. 액셀 러레이터와 엘리베이터에 익숙한 발바닥으로 흙을 맛나게 핥아 본다. 먼지 가득한 터널 같은 콧구멍에 풀 냄새 바람도 양껏 넣어 본다.

텃밭 노동이란 얼마나 사치스러운 휴식인가. 서울 변두리 산자락 풍경과 바람은 이 호사 취미에게 선뜻 다가오지 못하고 주위를 머뭇거리며 맴돌기만 한다. 돌 많은 흙은 어색한 삽날을 물고 악착같이 저항한다. 전원의 휴식을 즐기는 맛이 어떠시냐며 흙 속에서 나온 건축 쓰레기들이 비웃는다.

텃밭 네댓 평. 그동안 돌보지 않아 건강한 잡초 사이에서 비실거리고 있는 상추와 쑥갓, 토마토와 가지 다 뽑아 버리고, 거름 주고 갈아엎고 무 배추 심는 데 한나절. 그것도 노동이랍시고 허리 등뼈 쑤시고, 손발 부르트고, 근육 뒤틀리고, 허파 터지는 이 쾌감. 안락

하고 무력한 권태가 뚝뚝 땀으로 떨어지는 이 쾌감.

　한때는 수많은 사람들 허리 휘어 놓고, 손바닥 발바닥 쇠못 박아 놓고, 주린 위장으로 보릿고개 넘게 했던 노동이 이제는 휴식. 의자 노동과 안경 노동이 있는 곳으로 돌아가기 전에 근육과 허파를 혹사하며 마지막까지 즐겨 보는 이 별미! 농약 없는 채소는 덤. 마음에 스며든 흙 향기 산들바람은 덤. 꽉 막힌 주말 도로도 덤.

오후만 있던 일요일

김선우

우리 동네 목욕탕 '목욕합니다' 입간판 옆
찡그리며 웃는 피에로의 입매 같은
이발소 표지등이 빙글빙글 돌아가고 있기 때문
허름한 건물 조가비 같은 타일이 총총 붙어 있는
창밖으로 수증기가 모락모락 피어나기 때문
화단이랄 것 없는 틈새에 사철나무가 두 그루
그늘 밑엔 명아주며 냉이꽃 민들레가
철마다 아름다운 허물을 보여 주기 때문
민들레 꽃잎을 열고 사철나무 줄기를 잰걸음으로 걸어
나무꾼의 잔등에 날개옷을 덮어 준
여자들이 하하 호호 서로의 등을 밀어 주는
오래된 연못이 있기 때문
일요일 오후에 내가 목욕하러 가는 것은 이 때문
연못의 입구에서 늙은 개가
무화과 속처럼 붉은 혓바닥으로
떠도는 어린 개들의 샅이며 잔등을
핥아 주는 풍경을 더러 만날 수 있기 때문

늙은 개의 혓바닥이 쓰다듬고 간 자리에
아득한 수심으로 고이는 연못
그곳에서 따스하게 수증기가 피어오르기 때문
저마다의 연못을 품고 낑낑거리는
어린 개들에게서 꽃 없이 열매 맺은
무화과 향내가 배어나기 때문

휴일

문태준

내가 매일 몇 번을 손바닥으로 차근하게 만지는 배와 옆구리
생활은 그처럼 만져진다

구름이며 둥지이며 보조개이며 빵이며 고깃덩어리이며 악몽이며
무덤인

나는 야채를 사러 간다
나는 목욕탕에 간다
나는 자전거를 타러 간다
나는 장례식장에 간다

오전엔 장바구니 속 얌전한 감자들처럼
목욕탕에선 열탕과 냉탕을 오가며
오후엔 석양 쪽으로 바퀴를 굴리며
밤의 눈물을 뭉쳐 놓고서

그리고 목이 긴 양말을 벗으며

선풍기를 회전시키며
모래밭처럼 탄식한다

인생은 유원지

하재연

풍선들이 날립니다.
조금 덜 부푼 풍선도 애벌레 모양의 풍선도
금방이라도 터질 것 같지만
모두 끝이 꽉 묶여서.
축제입니까
그림을 배우지 못한 아이가
그린 꽃들처럼 알록달록합니다.
당신이 숨을 불어 넣으며
한 개에 오백 원짜리 풍선들은
지상과 작별합니다.
한 마리 양이 갖고 싶어요.
내가 없는 인생을 살고 싶습니다.
날립니다.
맥주 거품이 터지듯 멀어져 가는 휘파람들.
나는 노동을 하고 식량을 살 수 있는
돈을 법니다.
당신이 풍선을 불듯

내게는 하루치의 맥주를 마실 권리.
그리고 한 마리 양과
나 없는 내 인생에 대해서만
생각하고 싶습니다.
우리가 사고파는 평화와
점차 희박해져 가는 당신의 안부.

좋은 세상 — 영아

박준

눈은 다시 내리고
나는 쌀을 씻으려
며칠 만에 집의 불을 켭니다

섣달이면 기흥에서
영아가 올라온다고 했습니다
모처럼 얻는 휴가를
서울에서 보내고 싶다는 것입니다

지난달에는 잔업이 많았고
지지난달에는 함께 일하다
죽은 이의 장례를 치르느라
서울 구경도 오랜만일 것입니다

쌀은 평소보다 조금만 씻습니다

묵은해의 끝, 지금 내리는 이 눈도

머지않아 낡음을 내보이겠지만

영아가 오면 뜨거운 밥을
새로 지어 먹일 것입니다

언 손이 녹기도 전에
문득 서럽거나
무서운 마음이 들기도 전에

우리는 밥에 숨을 불어 가며
세상모르고 먹을 것입니다

오늘은 필리핀

임지은

몇몇 사람이 모였다
대화의 주제는 여행 가고 싶은 도시

주로 집에 틀어박혀 지내는
안움직, 씨는 안 가 본 도시의 이름을 적는 것으로도
하루가 다 갈 것 같았고

자칭 여행가인 비정규직, 씨는
자주 이직해야 하는 탓에
출근마저 여행으로 생각한다고 했다

한 번도 말라 본 적 없는 먹음직, 씨는
77사이즈가 보통 체형인 도시로
여행 가는 것을 선호했고

종일 환자들의 썩은 이를
들여다보는 전문직, 씨는

이제 그만 다른 것을 보고 싶었다

그래서 그들이 고른 도시는 필리핀
에서 다 함께 먹는 머핀
위험하다면 잡아당겨 안전핀
뮤직, 씨가 온갖 핀으로 플로우를 타는 동안

발등의 불을 끄느라 뒤늦게
도착한 정직, 씨는
사람들의 마음속에서 스위치를 찾으려 했지만
그런 건 있을 리 만무했고

비오는 날 우산이 없던
지지직, 씨는 공항으로 마중 나오라는
문자 대신 텔레파시를 보냈기에
속옷까지 전부 젖었다

내일은 이어폰

을 꽂고 출근할 테지만

오늘은 필리핀에 관한 시를 썼고

엊그제는 죽은 단어를 핀셋으로 건져 올렸다고

말한 이가 있었으니

아직 시인이란 꿈을 보관 중인 간직, 씨였다

무화과 숲

황인찬

쌀을 씻다가
창밖을 봤다

숲으로 이어지는 길이었다

그 사람이 들어갔다 나오지 않았다
옛날 일이다

저녁에는 저녁을 먹어야지

아침에는
아침을 먹고

밤에는 눈을 감았다
사랑해도 혼나지 않는 꿈이었다

출 처

길상호 「실업의 날들」, 『오동나무 안에 잠들다』, 걷는사람, 2018

김근 「웃는 남자」, 『당신이 어두운 세수를 할 때』, 문학과지성사, 2014

김기택 「주말농장」, 『소』, 문학과지성사, 2005

김명환 「계약직 ― ktx 여승무원이 되고 나서」, 『못난 시인』, 실천문학사, 2014

김사이 「공포 영화」, 『나는 아무것도 안 하고 있다고 한다』, 창비, 2018

김사인 「졸업」, 『어린 당나귀 곁에서』, 창비, 2015

김선우 「오후만 있던 일요일」, 『도화 아래 잠들다』, 창비, 2003

김성규 「굴뚝」, 『땀 흘리는 시 ― 오늘도 무사히 일을 끝마친 당신에게』, 창비교육, 2020

김안 「소하동」, 『미제레레』, 중앙북스, 2014

김애란 「컵라면과 삼각김밥 그리고 초콜릿」, 『보란 듯이 걸었다』, 창비교육, 2019

김주대 「부녀」, 『그리움의 넓이』, 창비, 2012

김중일 「자는 사람 작은 사람 뛰는 사람 ― 하청 근로자」, 『가슴에서 사슴

까지』, 창비, 2018

김해자　「백수도 참 할 일이 많다」,『해자네 점집』, 걷는사람, 2018

김혜순　「그림자 청소부」,『슬픔치약 거울크림』, 문학과지성사, 2011

문태준　「휴일」,『내가 사모하는 일에 무슨 끝이 있나요』, 문학동네, 2018

박상수　「합격 수기」,『숙녀의 기분』, 문학동네, 2013

박성우　「건망증」,『가뜬한 잠』, 창비, 2007

박소란　「배가 고파요」,『심장에 가까운 말』, 창비, 2015

박순원　「기계, 기계들」,『그런데 그런데』, 실천문학사, 2013

박준　「좋은 세상 ― 영아」,『우리가 함께 장마를 볼 수도 있겠습니다』, 문
　　　　학과지성사, 2018

박형준　「낡은 리어카를 위한 목가」,『춤』, 창비, 2005

배수연　「유나의 맛」,『조이와의 키스』, 민음사, 2018

배재운　「아내」,『맨얼굴』, 갈무리, 2009

서대경　「바틀비」,『백치는 대기를 느낀다』, 문학동네, 2012

서효인　「구로」,『여수』, 문학과지성사, 2017

손택수　「야구공 실밥은 왜 백팔 개인가」,『떠도는 먼지들이 빛난다』, 창비,
　　　　2014

송경동　「나의 모든 시는 산재시다 ― 세계 산재 노동자 추모의 날을 맞아」,
　　　　『사소한 물음들에 답함』, 창비, 2009

송승언　「디오라마」,『철과 오크』, 문학과지성사, 2015

신용목　「붉은 얼굴로 국수를 말다」,『바람의 백만 번째 어금니』, 창비,
　　　　2007

신철규 「다리 위에서」, 『지구만큼 슬펐다고 한다』, 문학동네, 2017

심보선 「갈색 가방이 있던 역」, 『오늘은 잘 모르겠어』, 문학과지성사, 2017

안현미 「투명 고양이」, 『사랑은 어느 날 수리된다』, 창비, 2014

오은 「이력서」, 『우리는 분위기를 사랑해』, 문학동네, 2013

유병록 「한낮의 밤에 흰 그림자」, 『목숨이 두근거릴 때마다』, 창비, 2014

유형진 「흑룡강성에서 온 연이 엄마」, 『피터래빗 저격 사건』, 랜덤하우스코
리아, 2005

이문재 「봄날」, 『지금 여기가 맨 앞』, 문학동네, 2014

이상국 「어느 날 마포에서」, 『달은 아직 그 달이다』, 창비, 2016

이수명 「물류 창고」, 『물류 창고』, 문학과지성사, 2018

이시영 「하싼」, 『우리의 죽은 자들을 위해』, 창비, 2007

이영광 「유령 1」, 『아픈 천국』, 창비, 2010

이원 「영웅」, 『세상에서 가장 가벼운 오토바이』, 문학과지성사, 2007

이장근 「코팅 목장갑」, 『권투』, 삶이보이는창, 2011

이정록 「뺑그레」, 『눈에 넣어도 아프지 않은 것들의 목록』, 창비, 2016

이현승 「평균적인 삶 — 증강 현실」, 『생활이라는 생각』, 창비, 2015

임경섭 「김 대리는 살구를 고른다」, 『죄책감』, 문학동네, 2014

임솔아 「렌트」, 『괴괴한 날씨와 착한 사람들』, 문학과지성사, 2017

임지은 「오늘은 필리핀」, 『무구함과 소보로』, 문학과지성사, 2019

장철문 「콩나물을 다듬을 때」, 『비유의 바깥』, 문학동네, 2016

전윤호 「아들의 나비」, 『늦은 인사』, 실천문학사, 2013

정한아 「봄, 태업」, 『울프 노트』, 문학과지성사, 2018

정호승 「장례식장 미화원 손 씨 아주머니의 아침」,『이 짧은 시간 동안』, 창
       비, 2004

진은영 「멸치의 아이러니」,『훔쳐 가는 노래』, 창비, 2012

최정례 「저무는 봄날」,『캥거루는 캥거루고 나는 나인데』, 문학과지성사,
       2011

최지인 「비정규」,『나는 벽에 붙어 잤다』, 민음사, 2017

하상만 「내 인생의 브레이크」,『간장』, 실천문학사, 2011

하재연 「인생은 유원지」,『세계의 모든 해변처럼』, 문학과지성사, 2012

허은실 「캐리어」,『나는 잠깐 설웁다』, 문학동네, 2017

황규관 「비창」,『패배는 나의 힘』, 창비, 2007

황인찬 「무화과 숲」,『구관조 씻기기』, 민음사, 2012

땀 흘리는 시

오늘도 무사히 일을 끝마친 당신에게

초판 1쇄 발행 • 2020년 5월 1일
초판 3쇄 발행 • 2024년 2월 7일

엮은이 • 김선산 김성규 오연경 최지혜
펴낸이 • 김종곤
편집 • 서대영 이현율
조판 • 이주니
펴낸곳 • (주)창비교육
등록 • 2014년 6월 20일 제2014-000183호
주소 • 04004 서울특별시 마포구 월드컵로12길 7
전화 • 1833-7247
팩스 • 영업 070-4838-4938 | 편집 02-6949-0953
홈페이지 • www.changbiedu.com
전자우편 • textbook@changbi.com

ⓒ 창비교육 2020
ISBN   979-11-6570-007-2   03810